시 _ 한영환

강원 강릉에서 쭉 살고 있습니다.
2017년 월간 문학세계 신인문학상을 받으면서 문학 활동을 시작하여 공무원문예대전 문학상, 월간 문학세계 문학상, 강원아동 문학상 등을 수상했으며, 지은 책으로는 동시집 『바위를 웃게 한 민들레』, 『오리와 바다』가 있고, 한국문인협회, 강원아동문학회, 관동문학회에서 활동하고 있습니다.

그림 _ 배누

매일 글과 그림 사이를 산책하고 있습니다. 그 속에서 아침이슬 같은 반짝임을 찾아 기록합니다. 오늘을 천천히 바라보고 곁에 있는 작은 것에서 힘을 얻습니다. 쓰고 그린 책으로 그림 에세이 『마음의 물리치료실』이 있습니다.

너른 바다에서 자유롭게 헤엄치는 큰 고래처럼, 고래책빵은 아이들의 크고 자유로운 꿈을 책에 담습니다.
고래책빵은 책이 곧 마음의 빵이 되는 어린이 책을 만듭니다.

고래책빵 동시집 56
오리와
바다
시 · 한영환
그림 · 배 누
고래
책빵

시인의 말

까만 밤
하늘을 열고 들여다보면
별이 엄청 많아요.

숲속에
조용조용히 들어가 보면
보이는 것보다
숨어있는 게 더 많지요. 별처럼 말이에요.

도서관에도
지식이 많이 숨어있지요. 숲처럼요.

가랑잎 하나 들추면
그 밑에 꼬물거리는 게 많이 있듯이
책도 좌르르 들추면
많은 것을 알 수가 있지요.

밤하늘, 숲, 도서관….
책은 우리가 사는 세상 곳곳에 숨어있는 이야기를 들려주지요.
책을 읽으면 내가 알지 못하는 세상에 대해 알 수 있어요.

가자미를 잡으러 바다로 간 오리도 바다에 관한 책을 읽었을 거예요.
바다에 사는 친구들은 오리를 한눈에 알아보고 반겨주었겠지요.
바닷속 용궁에도 도서관이 있어서 오리에 관한 책을 읽었을 테니까요.
책 덕분에 오리와 바다에 사는 친구들은 이야기 잔치를 열 수 있었겠지요.
집으로 돌아온 오리는
가자미를 못 잡은 핑계보다는
여행의 경험을 친구들에게 자랑할 수 있어서 좋았을 거예요.
용궁도서관 이야기도요.

지금부터
동시가 만든 세상으로 떠나볼까요?
그곳에서 세상 곳곳에 숨어있는 이야기를 만나보아요.

참, 책을 예쁘게 만들어 주신 고래책빵과 큰 도움을 주신 강원문화재단에 감사하다는 말을 전합니다.

그리고 훌륭한 작가 한강의 노벨문학상 수상을 무지무지하게 축하한다고
"꽥꽥 꽥"
날개를 파닥이며 오리도 나도 손뼉을 칩니다.

2024년, 한영환

차 례

1부 제비의 선물

2부 숲은 달 하나 켜 놓고

3부 층간 사랑

4부 별을 따서 너에게

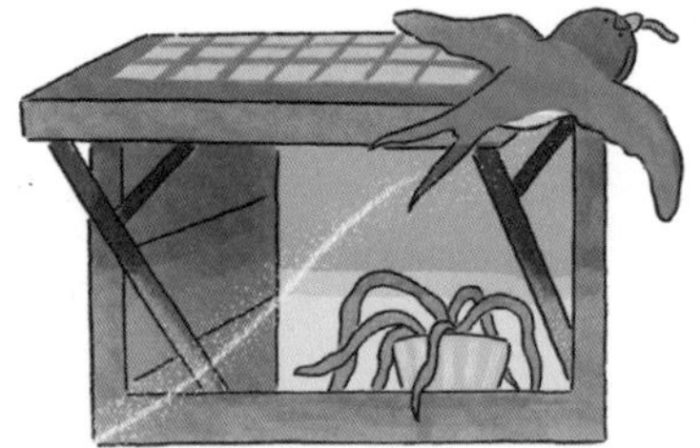

1부

제비의 선물

제비의 선물

제비가
외할머니 집
처마 밑에 둥지를 틀고
올망졸망 새끼를 낳았다

어미가
먹이를 물고 날아오면
둥지 속 새끼들 야단법석

어미 눈에
잘 띄게 노란 입을 쫙쫙 벌리고

"여기다 넣어요 여기다"
서로 자기 차례라고 우긴다

제비집에
개나리꽃이 한 움큼 핀 것 같다

어미 제비가
처마 밑으로 들어올 때마다
켜지는 노오란 개나리 꽃등불

봄은 천하장사

봄에는
노란 싹이
흙을 들어 올린다

호미걸이를 시도하는 강낭콩 새싹
달래 냉이는 빗장걸이로
들배지기를 하는 민들레

들썩들썩 들녘

겨울이 넘어간다

생각하기 나름

끓인 라면을 들고
TV 앞으로 가다가

오늘
꺼내 놓은
선풍기에 걸려
반이나 쏟았다.

“우 씨!”
……
과식 안 하게 되어 다행

말없이 친해지기

오랜만에
할머니 집으로 가는 시골길

굽이굽이 시외버스
멀기도 하다

굽이굽이 돌 때마다
옆 사람이 기대어 오고

이리저리 흔들릴 때마다
나도 옆 사람한테 기대어 가고

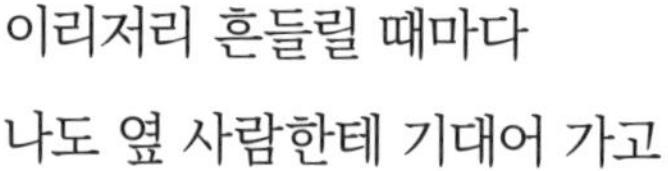

너무 멀리 왔나

하늘을
기어 다니는 반달이
너무 부러운 달팽이

하늘에
가 보고 싶어
옥수수를 지름길 삼아 오른다

달 없는 밤
옥수수 꼭대기에
도착한 달팽이

아니 이럴 수가

눈 깜짝할 새
하늘을
지나쳤나 봐

동네 알림판

주민센터 앞 전봇대에
마을 소식을 읽고 있는 산책 나온 강아지

킁킁 읽고
찍찍 쓰고

흰둥이가
지나가며 쓴 얼룩 글 위에다

검둥이가 물총을 쏜 듯
휘갈겨 쓴 알 수 없는 흘림체 글씨

검둥이와 다투고
집 나온 야옹이의
또박또박한 문장이 가득한

전봇대 밑동에는
마을 소식이 빼곡하다

주민 센터
우쿨렐

선생님 같은

아침 해가 먼저 일어나
큰 얼굴을
디밀고 창으로 들여다본다

늦잠 자는 아이 누구 없나

저녁 해가
퇴근을 하며
붉은 눈으로 지켜본다

오늘 할 일은 다 했니?

내일 보자꾸나
해 질 무렵 선생님

화분

봄이라고
할아버지가 풍란을
분갈이를 한다

화분 속을 나온
하얀 수세미 같은 뿌리들

쪼그마한 화분 안쪽에서
서로서로 손잡은 뿌리들

화분은
보이지 않은 곳에서도 정답다

숨은 꽃

깜깜한 땅속은
뿌리의 나라

백조의 발처럼
보이지 않는 곳에서
열심히 일하는 뿌리

가지에 꽃봉오리 맺히면
잔뿌리 하나 더 키우고
꽃봉오리 터지면
땅속에서도
뿌리를 펼치는

뿌리는 하이얀 꽃

사진 촬영

옷깃을 여미며
다소곳이 꽃밭에 앉아
입술에 침 바르고

바람빗으로 머리를 곱게 빗고는

눈을 반짝이며
"김치이!"

"여기 보세요!"
마음속을 들여다보는 카메라

미운 꽃

지나가던 할아버지
길가 화분에
무심히 담배꽁초를 툭

뒤따르던 아저씨
어 누가
버렸네
자기도 버리네요

두리번두리번
아가씨도
살짝

봄도
모르게
하얀 담배꽁초 꽃이 살짝 피었습니다

꽃은 피었는데
나비가 없습니다

목련이 피었습니다

누나가
꼬깃꼬깃
구겨 버린 쓰다만 편지가
서서히 펴지듯

꼬깃꼬깃 접은
하얀 꽃봉오리

들킨 것처럼
화들짝 피었습니다

무궁화 꽃이 피었습니다

술래가 눈 감고
“무궁화 꽃이 피었습니다!”

파란 잎사귀 뒤로
꼭꼭 숨는
파란 풋사과

밤송이라고
벅벅 우기는
고슴도치

술래잡기
놀이를 하면
숨어도 보이는
화려한 꽃

언제나처럼

술래는 무궁화 꽃

겉핥기

새 학기
새 책을 받고

좌르르 펼치면

인쇄 냄새
종이 냄새

다 읽었다

천만다행

수선화 피었다고
먼 길 날아온 빗방울인데

먼저
도착한 이슬
노오란
꽃잎에 앉아 방글방글

삐죽거리다
미끄러져
물조리개에 빠진 빗방울

나무의 이름표

겨울
산에 들엔
옷 벗은 나무가 비슷비슷한 것 같아요

진달래인지 철쭉나무인지 모르겠어요
산목련인지 생강나무인지도 모르겠어요

봄이 와서야
싹이 나고 꽃이 피면서
각각 자기소개를 해요

꽃은
나무의 이름표

우리나라 꽃은 바쁜데

베트남 다낭으로
여행을 가서 보니

여기도 꽃
저기도 꽃

글쎄
다낭의
꽃들은 바쁘지 않더라구요

2부

숲은 달 하나 켜 놓고

바다로 간 오리

호수에서
수영 제일 잘하는 오리가
바다에 왔다

고기를 잡으러 자맥질하면
바닷속 밑바닥까지 닿기도 전에
떠오르고 떠오르고
자꾸만 떠오르고

"옴"
입을 작게 오므리고
내 입으로는
넓적한 가자미를 삼킬 수 없지

배드민턴

이리 휙
저리 휙
방방 날아다니는

하얀
작은 새 한 마리

잡아 보려
호잇호잇
스매싱 하다 보면

온몸이 땀범벅

자랑

생일 축하
한 아름 꽃다발이

아저씨 품에 안겨
화사하게 웃으며 간다

길가에
키 작은 민들레 한 송이
못 본 체 고개를 돌리며

"너 뿌리 없지, 나 뿌리 있다!"

잘 익은 복숭아

파란 잎사귀 뒤에
숨어있던 아기 복숭아
물 좀 먹더니

삐죽
밖으로 나온 얼굴이
어른 주먹만 하다

햇살로
붉게 문신을 하고는
지나가는 사람들을 째려보며

“왜 쳐다봐!”
괜히 시비다

저러다
곧 임자 만나겠다

아버지 텃밭학교

달팽이가 느릿느릿
호박잎에다 한 줄 쓰면
호박벌이 따라 읽고

나팔꽃이 올라가며
옥수수에 한 줄 쓰면
바람이 따라 읽고

지렁이가
기어가며 밭고랑에 한 줄 쓰면
아버지가 읽고는
“얼시구 풍년 들겠네!”

소나기

"우르르 쿵!"
천둥이 부른다

우르르 먹구름이
달려가고

엄마는 장독대로 달리고
아빠는 논으로 달리는데

"개꿀개꿀!"
꽈리를 씹어대는 신난 청개구리

지렁이 글씨체

눈이 큰 아이와
친구가 되고 싶어

입술을 오므리고
꾹꾹 눌러 쓴 편지

꼬깃꼬깃 접어
그 아이
가방에 살짝 넣어 두고는
모른 척

내가 잘하는
국어 시간 받아쓰기
100점을 받고
그 아이 쪽으로
입술이 늘어지는 순간

선생님이
답안지를 다시 보고는
“이게 지렁이지 글씨니”

‘으’
그 아이 가방에
지렁이 꼬물꼬물하겠다

우산

하늘이
엑스레이 촬영을 합니다

산아, 들아
웃어 봐
김치이
"번쩍! 우르르 꽝!"

깜짝이야
장화와 신발장에서 자던

팡 터진 우산

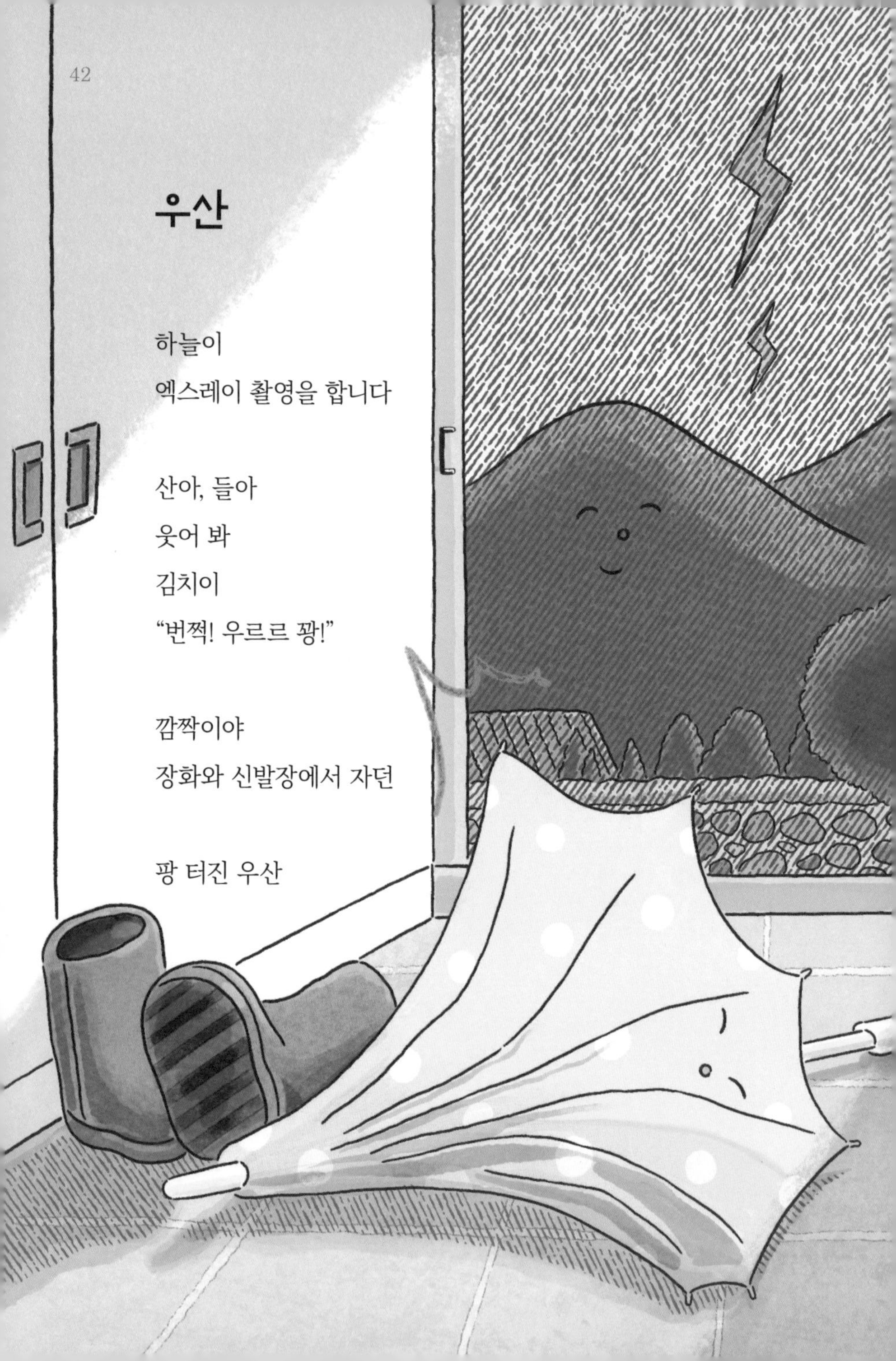

장마

며칠째 오는 비
그칠 줄 모른다

우산도 없는
해바라기는
동쪽 하늘만 바라보고
종일 서 있네

저러다 목 빠지면
어쩌나

라디오가
아마도
오늘은
비 그치기 글렀다
하는데

저러다
달맞이꽃이 되면 어찌합니까

하늘 금고

별 하나
별 둘
별 셋

별 많다고 욕심내지 말고
하나만 자기 별 하시고요
다른 별은 따지 마세요

내 별은
누가 따 갈까 봐
낮에는 하늘 금고에 숨겨 두고
까만 밤에만 혼자 꺼내어 보지요

일곱 빛깔 무지개 열쇠로도
열수가 없는 금고지요

나와 별만 아는
하늘 금고의
비밀번호가 뭔지 아세요
이건 비밀인데
아무에게도 말하지 마세요

눈을 감고
별보다 멀리 가는 꿈꾸어 보아요
거기서 만나면 이야기해줄게요

아침 연못 풍경

맑은
이른 아침
푸르른 연못

거미줄에
줄줄이 매달린 영롱한 이슬들
대롱대롱

바람이
거미줄을 탁 치는 순간
우수수

"앗, 소나기다!"

집으로 뛰어가는 청개구리
우산을 뒤집어쓰고 나오는 연꽃
저 멀리 달아나는 바람

방콕에서 보는 폭포

여름휴가 내내
쏟아지는 장대비

지붕을 타고 처마에서
떨어지는
빗물은 작은 폭포

외할머니 집
방 안에서 보는
기와골처마폭포

숲은 달 하나 켜 놓고

깜깜한 밤에

반딧불이 앞세우고
화장실 가는 수달과

밤일
나가는 올빼미

플래시 같은 눈을 가진
들고양이지만

헛디뎌 넘어질까 봐

잘못한 아이

물웅덩이에
비친 작은 구름이
엄청 깊게 보여
오줌 줄기로 갈겼다

순식간에 사라진 구름

“우르르쾅 우르르쾅”

후두두
창문을 두드리는 빗방울

먹구름에
일러바친 모양이다

아이의
가슴은 콩닥콩닥

배웅

비가 오면
장화를 신고
물웅덩이를 걷어차며 신나게 학교를 간다

장화가 없어
따라오지 못하는 강아지

발만 동동

엄마 손처럼
꼬리를 흔든다

나도
우산을 빙글빙글

나무의 에너지 절약

찬바람 불어도
훌러덩 벗고 서 있는 겨울나무는

맨몸으로
추위를 달달 모았다가

여름에
시원한 바람을 준다

평상에 누운 그늘

무더운 여름날

느티나무 아래에 놓인
평상에
햇빛을 밀어내고
자리한 그늘

할아버지 보다
먼저
떡하니 누워 있는
네가 바로 효자다

3부

층간 사랑

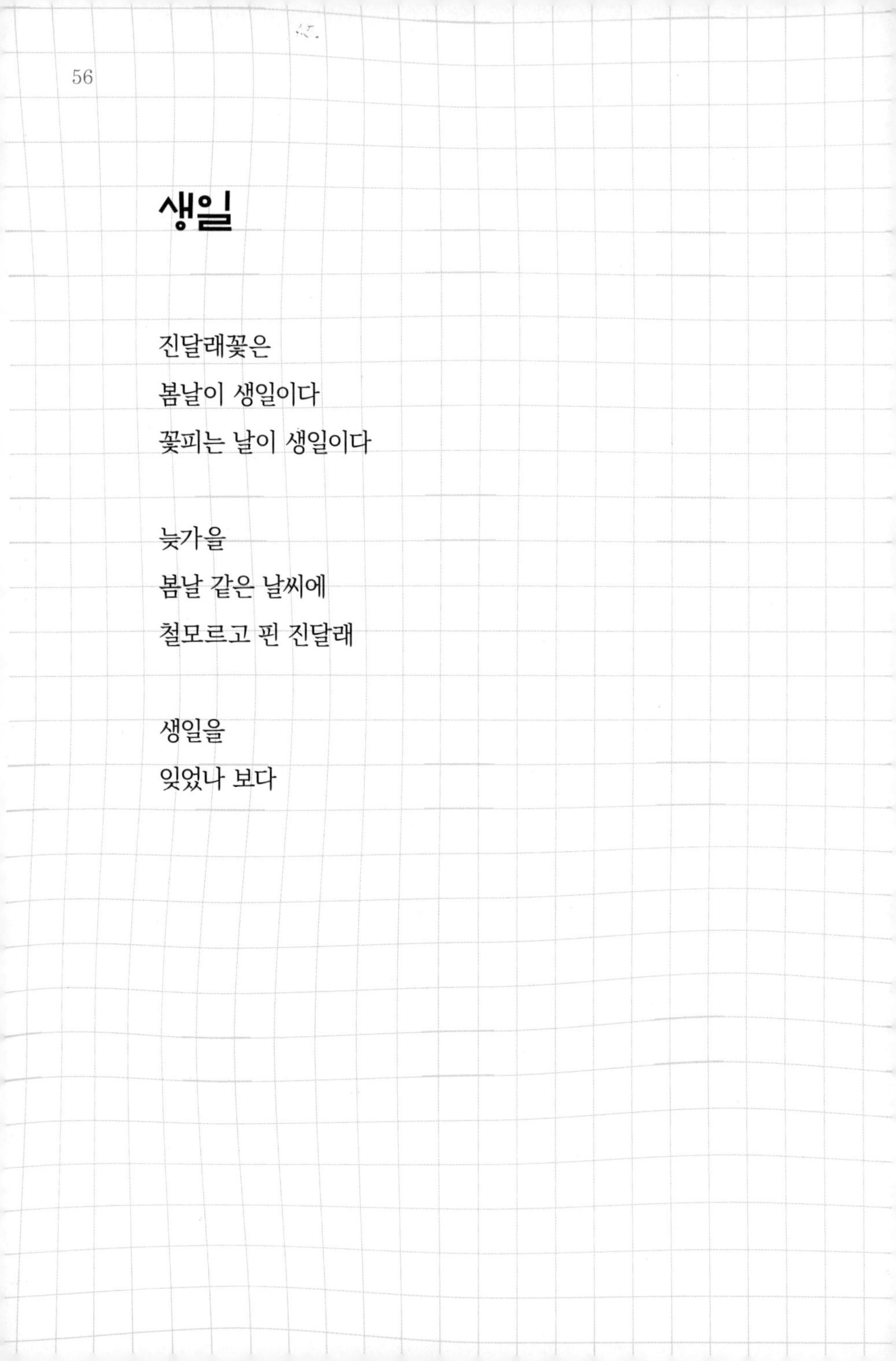

생일

진달래꽃은
봄날이 생일이다
꽃피는 날이 생일이다

늦가을
봄날 같은 날씨에
철모르고 핀 진달래

생일을
잊었나 보다

친구

왼손이
“아야!”
가시에 찔리는 순간
오른손이 제일 먼저 달려가고

주머니 속에서
오른손이 울적해 하면
왼손이 불러서 꼬옥 감싸 준다

박수도
만세도 함께 따라 하는
두 손은 절친

새야 새야

맑고 깨끗한 유리창에
머리를 들이박는 새야 새야

얼마나 아프겠니?

헬멧 삼아
밤송이 껍데기나
호두 껍데기를

뒤집어쓰고 다니면 어떻겠니?

할머니의 징검다리

할머니
하늘 가신 지 오랜데
도착했다고 연락이 없다

달에서
화성으로
다시 목성으로

폴짝폴짝
이 별에서 저 별로
아직도
건너시는 모양이다

내 이름은 게임해

나의 이름은
'공부해'다

할머니도
할아버지도
엄마 아빠도 다 같이
"공부해!"

내 이름을
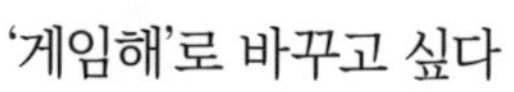
'게임해'로 바꾸고 싶다

해!
초등학교
수학
초등 수학
게임하기

소중한 발

얼굴은
깨끗이 씻고

거울 보고
요리조리 자세히 보면서

발은
그냥 대충 씻고
보아 주지도 않다가

눈이 큰 아이에게
한눈팔다가 그만
가시를 밟았다

그 아이는
저만치 가는데
따라갈 수가 없네

아차차, 잊은 게 있다

거미줄에
걸린 새털 하나
솔바람에 흔들흔들

아직
날고 있는 줄 안다

털 하나 빠진 쪽으로
기우뚱
날아가는 솔새

솔밭에
뭔가 두고 온 허전함

층간 사랑

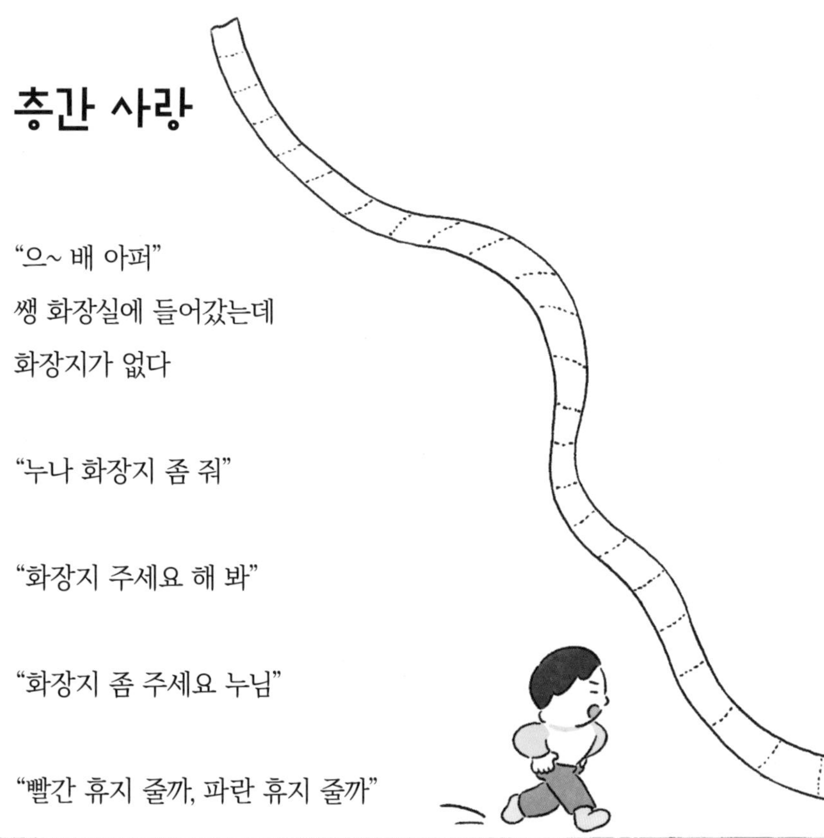

"으~ 배 아퍼"
쌩 화장실에 들어갔는데
화장지가 없다

"누나 화장지 좀 줘"

"화장지 주세요 해 봐"

"화장지 좀 주세요 누님"

"빨간 휴지 줄까, 파란 휴지 줄까"

"우당탕퉁탕"
이방 저 방 누나를 잡으러 다녔더니

아래층 공부벌레 형
벌건 얼굴로 씩씩하게
올라왔다

비비배배

발그레한 누나

보호색

하얀 감꽃이
나비처럼 날아가면

무서워 입술이 파래지는 풋감

파란 치마폭에
꼭꼭 숨겨 주다가

가을에 빨간 홍시가 되면
울긋불긋
단풍 치마로 갈아입는 잎새

호박꽃이 질 때

떨어진 꽃잎은
오글쪼글 뭉친다

풀어 보면

씨- 익 웃으며
똘똘한 칠 남매 두었다고
자랑 자랑이다

우리 할매 할배처럼

골프 신동

감자를 깎다가 방바닥에 놓고
손바닥으로 버팅 연습을 하는 엄마
“나이스”

밤에도
손모자를 하고선
조금은 실눈으로
붕~ 뜬 동그란 달을 보면서
“나이스 샷!”

골프가
엄청 재미가 있나 보다

엄마 마트에 간 사이
엄마 골프채로
엄마처럼 스윙

"쨍그랑!"

유리컵에 홀인원

들국화

목련이 피고 지고
민들레가 몇 번을 피었다 져도
피지 않는 꽃

“쑥일지도 몰라”
“그래 민꽃인 게야”
수군거림을 듣고도
피지 않던 꽃

가을이 와서야
피는 꽃

눈총

빈 공터는
아이들의 신나는 놀이터

놀이터에
불법 주차한 승용차
눈 감고 자는 척

"빵!"
축구공에 맞은 승용차

"아잉~ 아잉~"
엄살을 부린다

슬쩍
나타난 운전자를
쳐다보는 동네 개구쟁이들

돌아가면서

어질어질 높아
바다가 부러운 푸른 하늘

별똥별을 던져 놓고
퐁당 소리가
들리는지 조용조용
귀 기울이기도 하는

하늘이
부럽다는 바다

달랜다고

올라갔다
내려갔다

바쁜

널 뛰는 파도

시인 할배

별 할 일도 없으면서

뒤집어 보고
구부려 보고는

나름
배배
꼬아 놓는다 분재처럼

“이 문장이 자연스럽지 못하네요?”

‘시적 허용’이라며 으쓱한다

청소를 시켰더니

바람은
낙엽을 쓸어
마당 한구석에 수북 쌓아 놓고

함박눈은
눈가림으로 장독대를 슬쩍 덮어 놓고는
"청소 끝!"이란다

청소는
내가 해야겠다

축구공

"슛 골인!"
한쪽은
좋아라 서로 얼싸안아서 좋지만

시무룩한 한쪽엔
괜히 미안한 축구공

다시 "뻥"
높이 치솟는 순간
불다 놓친 풍선처럼
참았던 숨을 후 뱉으며
운동장 담장 밖으로 달아나

풀밭에 숨어
나오질 않는 둥근 축구공

어쩐다
맨날 비길 수도 없고

난 이제 자유야!

4부

별을 따서 너에게

일출을 보며

경포 해변에서

발이 시리도록 기다려도
좀체 나오질 않는 늦잠꾸러기

바닷물로 세수를 하고
나온 아침 해

많이도 보고 싶었나 보다

퉁퉁 부은 얼굴
빠알간 눈빛으로
인사를 한다

어젯밤 나처럼
잠을 설친 모양이다

날아가 버린 안심

바람을 피해
총소리를 피해

우크라이나에서
경포호수까지 날아온 두루미

묻지도 않고
카메라를 들이대는 사람들

철새를 겨눈 카메라

거총 자세 같다

작은 울릉도

삼촌이
벙글벙글 결혼을 하더니
작은아버지가 되었다

옆 마을에 사는 작은집처럼
우애가 넘치고
뿌리가 같은

독도는
작은 울릉도다

꼬리의 말

꼬리로 살랑살랑
꼬리로 사랑사랑

우리 집 강아지는
꼬리만 돌리고도
처음 보는
강아지와 금방 친해진다

꼬리로
뭐라 뭐라 했을까?

바나나의 여행

에콰도르에서 나고 자라서
여행을 가는 바나나

파란 옷을 입고
시원한 시골길을 달려

처음
큰 배를 타니
뱃속이 울렁울렁
얼굴이 노랗다

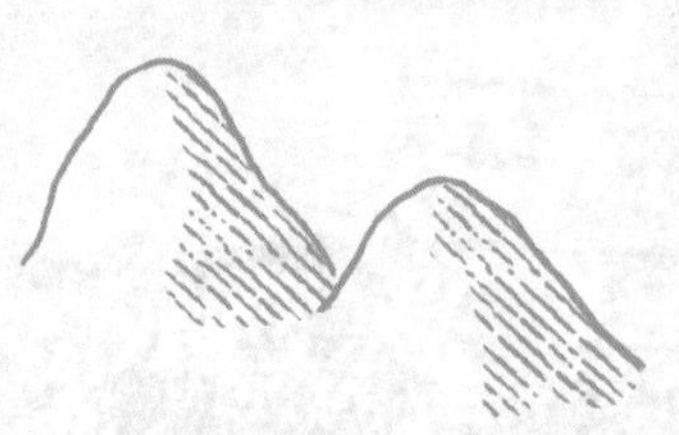

멀고 먼
부산항에 입항

다시
고속도로를 달려
서울 마트에 도착

서울
SEOUL

별을 따서 너에게

해가 일을 하다가
쉴 때에는
달을 켜 두고

달이 쉴 때에는
해를 켜 놓아서

좀체
빈틈이 없어

어떻게
별을 따 줄 수 없구나

색연필

올망졸망 색깔 형제들

처음엔
키가 다 똑같아

맨발로
백사장에서 뛰노는 것처럼
도화지에서
이리저리 뒹굴다 보면

파란 바다색은
키가 제일 작아지고
까만 비닐봉지 색은 그대로

파란 몽당색연필은
눈부시게 아름다운 수평선을 낳았다

방파제 앞에서

저기
저 어깨

거친 파도에도
끄떡없다

태풍도 겁내지 않는
단단한 저 어깨

우리
아버지

엄지 척

할아버지가
아기를 안고 들여다보며

잘났다
최고다
"우쭈쭈 까꿍!"

아기는
고사리 같은 손으로

할아버지
엄지손가락을 꼬오옥 쥐고는
"응응"

바람의 얼굴

가랑잎을 따라가나 싶다가
어느새
높은 깃발을 흔드는

도대체 누구세요

어떨 때는
모자를 빼앗아 던지고
어떨 때는
고맙게 등을 밀어주다가도
어떨 때는
알 수 없는 귓속말로 속삭여서

뒤돌아보면 보이지 않고
만져지지도 않는

당신은 누구세요

훅!

불면 나타날까

달빛 스웨터

어머니는
자장자장
아기를 재우며
창문으로 들어오는
달빛을 돌돌 감는다

둥근 달빛이
술술 풀려 초승달이 되면
대바구니에는
달빛 털실 뭉치가 가득

새근새근
별나라에서 뛰어노는
아기를 위해
어머니는 스웨터를 뜬다

어머니가
손뜨개질로 뜬
우리 아기
달빛 스웨터

얼음 유리창

연못에서
살아가는 붕어는
날씨가 추워
유리창 같은
얼음 창문을 달았어요

동네 아이들이
매일 놀러 와
얼음지치기로
얼음 창문을 닦아 주면

붕어는
안쪽에서
호호 입김을 불어 닦고는

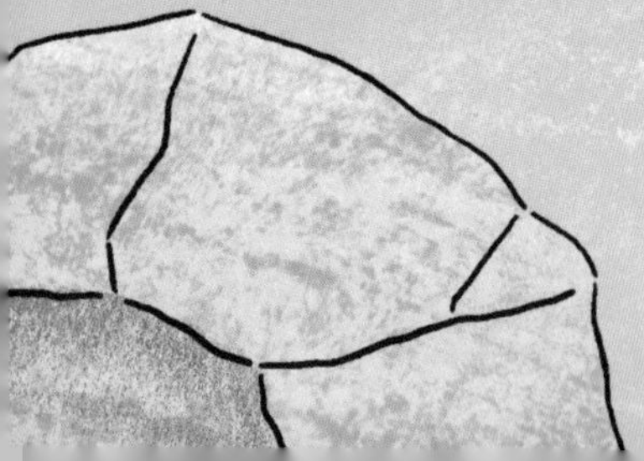

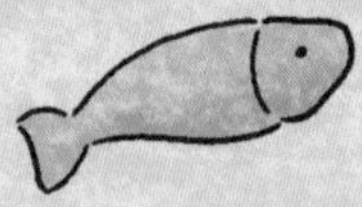

혹시
큰 아이가
엉덩방아를 찧으면
창문에 금이 갈까 봐
마음이 조마조마해요

별똥별

무지
급했나 보다

풀린 휴지 들고 뛰는 걸 보니

나뭇가지로 짠 그물

겨울 벚나무
밑에서 쳐다보면
나뭇가지는 하늘에 펼친 그물

함박눈이 내리면
그중에
굵은 눈송이만 잡아다
나뭇가지에 수북이 쌓아 놓고

봄에도
이렇게 피라고 했나 보다

그래서일까요
벚꽃이
피었다 질 때
함박눈이 펄펄 내리는 것 같아요

조심조심

뭉게구름 쳐다보다가
나도 몰래
그만 땅바닥에 개미를 밟았네

축 늘어진 개미를
다른 개미들이 달려와
끌고 간다

“아이고 미안 미안!”
어쩌나 도와줄 방법이 없네

돌아오는 길
내 마음도
발걸음도 뒤뚱뒤뚱

후회

삐쳐서
바닥에 금 그어 놓고
책상에 엎드린 친구처럼

해안선을 그어 놓고
들어오지 말라는 바다

푸아푸아
자는 척하다가

5분도 안 돼
심심하여

한쪽 눈 감고
해안선을
슬금슬금 지운다

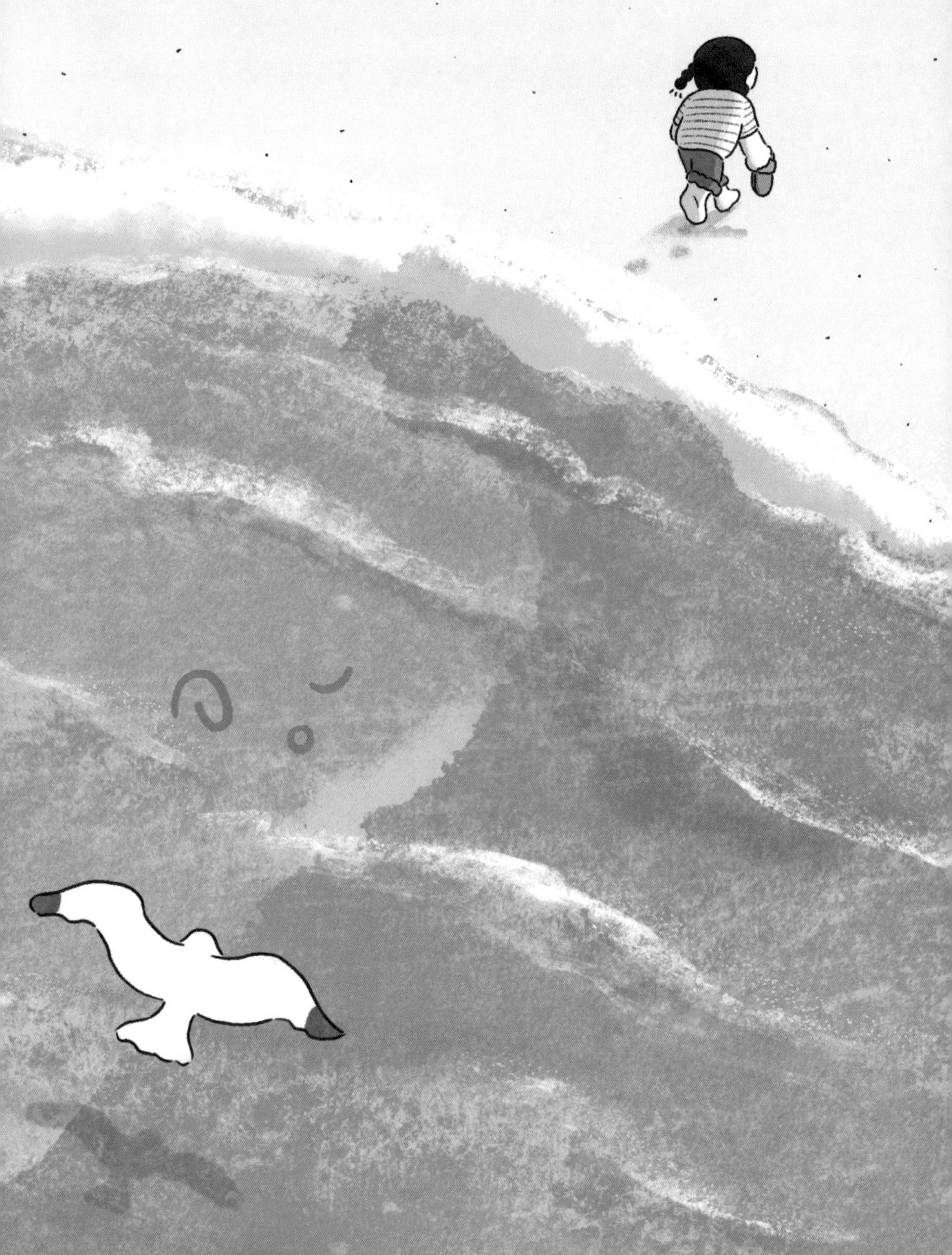

비밀번호

세상이
다 비밀번호야
컴도
폰도 비밀번호야

우리 집에 내가 들어가는데
비밀번호를 맞추어야
열어 주는 문

언덕배기 넘어
신비한 숲은
왜 왔느냐고 묻지를 않지

그저 "쉿!"

운동화 밑에

돌을 들추면
지렁이가 꿈틀거리고
가랑잎을 들추면
벌레가 꼬물거리는 것처럼

나무밑 벤치에 앉아 있는데

까만 개미 두 마리가
운동화 밑으로 쏙

내 발은
돌이 되었다가
가랑잎이 되었다가

오도카니
한참 개미에게 붙잡혔다

신이 난 강아지

토요일에 친구와 놀려고
초인종을 눌렀다

"딩동딩동"

친구집 강아지가
누구 왔다고
벨소리보다 더 크게 짖는다

이방저방
돌아다니며 식구들에게
누구 왔다고
다 알린다

휴일에
자기 일거리 생겼다고 신이 난 강아지

사랑의 눈길

노란 민들레꽃밭

하얀나비 한 마리가

꽃밭에 놀러 온
아가 눈길을 끌고
팔랑팔랑
언덕을 넘고있다

아가는 엄마 눈길을 끌고
나비따라
아장아장

훌훌
날아다니는 엄마

느낌 cctv

큰 나무 밑에서
커다란 눈을 지그시 감고
질겅질겅 되새김질하는 암소

엉덩이에
붙은
조그마한 쇠파리

보지도 않고
파리채같은 꼬리로

정확히
슈웅-찰싹

금줄*

울 아빠 태어나던 날
'대문 앞에 금줄을 쳐 놓았다'라는
외할아버지의 옛이야기처럼

마당에 감나무꽃이
파란 애기감을 낳고
나무를 빙글빙글 돌아 나리면

하얀 감꽃을 실에 줄줄이 꿰어
금줄처럼
빨간 장미에 걸어 놓고는

빨리 빨간 홍시되기를
기도하는 엄마 까치

* 금줄(禁줄) : 부정한 것의 접근을 막기 위하여 대문에 쳐놓은 새끼줄